LOCUS

LOCUS

教海鷗飛行的貓

路易斯・賽普維達 著

湯世鑄 譯

牧かほり 繪

晨星出版

【推薦序】

一壺好咖啡

劉克襄

看到書名，若還不想翻它，簡直像是看著整壺溢出原味的黃金曼特寧，慢慢地在桌前冷卻。

本書就是一壺必須趁熱喝的咖啡，在那短短半小時之內，斟滿二、三杯，就著濃郁之香氣，盡興地享受。拖磨久了，原味走失，新鮮度不足，以後也難以有美好的回味。

就好像許多嫻熟地老少咸宜的動物小說，這個故事的基調裡有著一種簡單而純淨的本質，你無法帶著憂傷、悲苦之類的情緒閱讀。要有那種想要到專門的咖啡店，在寂靜的一角獨自享受一杯好咖啡，並且人生好似可以隨時再出發的心情。

你必須年輕、必須愉快、必須沒有遠大志向，加上有一點頹廢的氣質傾向。

這樣的故事往往也充滿溫馨和樂趣，內容不至於嚴重地說教——雖然常有說教的可能。縱使有時正經八百了，可是主角是動物，那說教也順勢合理了。

此外，這類型的故事總有一個獨一無二的風味（或許是動物小說的特質），經常出現不可能的劇情，一如卡通動畫，說荒誕也是，論絕妙亦可。總之，是一般小說無法著墨、發揮的。

再者，我們所熟知而合理的動物習性裡，海鷗和貓是對立的；貓和飛行也不可能相關；詩人和貓更無法對話，亦不可能教海鷗飛行。但是，這些兩造都要串連在一起，透過作者高超的編劇能力，把無機的元素化成有機的份子，結合成一個童話味十足並布滿生活情趣的故事。

我實在難以啓齒，稱讚本書的內容多麼感人、精采，或者是想像力多麼的華麗、豐富。它只是簡單而自然地擺在那兒，敘述著一個溫馨的小故事，就像一杯價錢合理的咖啡。但絕不是三合一那樣俗賣，也不是一百元價錢那種速食、喧鬧，而是那種必須推開一扇略為厚重之門，室內飄流咖啡香以及帶點陰暗；然後，要走到一個角落，在那裡待上一個小時享受的。

而你，你也必須把它當成生活裡不必須的片刻意外。就著如此的驚喜，擺開一切，愉快地享受它。

【譯者序】

閱讀的愉悅

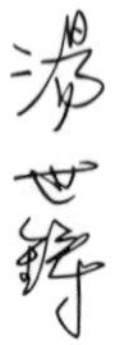

閱讀一本好書，總是令人感到愉悅；如果能閱讀到一本「可愛」的好書，更是愉悅無比。

為了翻譯這本《教海鷗飛行的貓》，我特別到書店去翻看了一下那些長大後很少再回頭閱讀的童話故事書。我初步的想法是：如果把坊間的童話故事粗分為兩類，那麼一類是主題性很強、知識性很重、價值色彩很濃，談的是比較嚴肅的課題；通常這類童話故事比較深刻，但既不精彩，也不有趣，更不可愛。另一類則是天馬行空的純幻想童話，有的想像力十足，有的馬馬虎虎，會有些點子讓人眼睛一亮，但就是無法使讀者打從心底有所感動。因為內容虛幻飄渺，與現實世界那麼遙遠，整個故事就像是一張漂亮的包裝紙，用力抖一抖只能抖下一堆優美卻沒有力量的文字。

而《教海鷗飛行的貓》的智利作者路易斯．賽普維達，就有本領把兩者融合得天衣無縫。他用一個很精彩的故事，講了一個很嚴肅、也很有現實意義的主題：環保。書中還加上一些「古老」但值得讚揚的「正面」的價值觀，像是不同族群之愛、友情、合作、堅持、守信等等。它正如原書面所提的文字，是「一本獻給八到八十八歲年輕人的小說」，也如法國劇作家莫里哀的喜劇，同時能帶給觀眾歡笑與深思。

當我第一次拿到這本書的西班牙文版時，並沒有預期它會帶來這麼多的愉悅。可是在稍微瀏覽之後，我不得不一口氣把它讀完，只因為它可愛極了！閱讀中、翻譯中，我心情愉悅，而這種愉悅來自過程中的不同部分，包括第一次瀏覽後的期待、閱讀時的欣喜，以及讀後的回味與想與人分享。巧合的是，翻譯這本書的期間，正好是女兒小蒜頭出生的前後，因此翻譯的地點只好配合老婆——她待在那兒，我就在那兒翻譯，從待產室到病房，再到坐月子中心，最後小蒜頭回到家中，我也在家中書房完成譯稿。小蒜頭與書中主角——中文版的大胖黑貓，相互為伴，一起出世，倒也平添幾許趣意。

如今，讀者可以分享這種愉悅！也希望幾年之後小蒜頭也可以開始參與這種閱讀的愉悅！

獻給和我一起探索夢想世界的最佳夥伴，
我的兒子賽巴斯提安、馬斯與萊恩；
還有漢堡港，
因爲那是我們探險的出發點；
當然，還有索爾巴斯。

CONTENTS

第 1 部

第 2 部

第 1 部

第1章 北海

「左舷處有鯡魚群！」負責瞭望的海鷗通知大家。「赤砂燈塔」的海鷗隊伍聽到訊息，都鬆了一口氣。

牠們已連續飛行了六個小時。雖然領航的海鷗帶著大家利用熱氣流在大海上滑翔，十分輕鬆愉快，但此時的確也該補充能量了。來頓鯡魚大餐，再好不過。

海鷗群正飛在易北河注入北海的河口上空。從上面往下看，一艘接一艘的船隻，像一群有耐性、有秩序的海洋動物，排著隊準備航進一望無際的大海，再從那裡奔向世界各地的港口。

肯嘉，一隻有著銀色羽毛的海鷗，最喜歡看船隻上的旗子。牠知道不同的旗子代表不同的說話模式，對同樣的事物也有著不同的表達方式。

「人類就是愛製造麻煩。像我們，全世界海鷗的說話方式都一樣。」有次肯嘉對同行的海鷗說。

「還眞是這樣咧，更不可思議的是，他們有時還能相互溝通呢！」肯嘉的同伴說。

海岸線的另一邊，顏色完全不同，那是一片深綠色的大牧場，一群群的羊在防護欄內、在風車緩慢轉動的十字翼下吃草。

「赤砂燈塔」的海鷗隊伍在領隊的引導下，藉由一股冷氣流，俯衝到有鯡魚群的海面。一百二十個軀體像箭一樣穿透水面，浮出來時每隻海鷗的嘴裡都叼著一條鯡魚。

好吃的鯡魚，既鮮美又肥碩，正好是大家所需要的。整支隊伍都要補充體力，才能繼續飛向荷蘭的赫爾德，在那裡與來自夫里西亞島的海鷗隊伍會合。

預定的飛行計劃是從赫爾德飛到加來海峽與英吉利海峽，與來自塞納灣、聖馬洛灣的夥伴會合，再一起飛向西班牙的比斯開灣。

到那時，將會有上千隻海鷗匯聚在一塊兒，飛起來就像一團快速移動的銀色雲朵。海鷗的數量，因拜耳安、厄列倫島、馬奇恰科海岬、亞荷海岬、佩納斯海岬等隊伍的加入而愈來愈多。當這些海鷗通過海洋與風等大自然法則的檢驗，飛到比斯開灣時，便可以召開包括波羅的海、北海及大西洋的海鷗例行集會了。

肯嘉一邊吃著第三條鯡魚，一邊想那應該是一場很美好的集會。因爲和往年一樣，肯嘉可以聽到許多有趣的故事，尤其是那些從佩納斯海岬飛來的海鷗，說的故事可都精彩極了。佩納斯海岬的海鷗是有名的飛行家，有時可以一直飛到非洲西岸的加那利群島或是佛得角。

像肯嘉一樣的母海鷗，會在比斯開灣大吃沙丁魚和烏賊，公海鷗則在海岸的峭壁上築巢。然後，母海鷗會把蛋產在巢裡，讓小海鷗在沒有任何威脅的情況下出生。當小海鷗的羽毛漸豐，就到了飛行旅程中最美麗的一刻——教小海鷗在比斯開灣的天空中飛翔。

肯嘉又一頭鑽進海裡捕捉第四條鯡魚，因而沒聽到水面上相互警告的聲音：

「右舷方向有危險！緊急起飛！」

肯嘉把頭伸出來時，看見遼闊的海面上只剩下孤零零的自己。

第2章

大胖黑貓

「我捨不得把你單獨留下來。」小男孩摸著大胖黑貓的背說。

小男孩繼續整理背包，把最心愛的「普爾」合唱團的錄音帶塞進背包，想一想，又拿了出來。實在無法決定到底要把它塞到背包裡，還是放回小桌子上。每一次渡假時，總是很難決定要帶哪些東西，留下哪些東西。

大胖黑貓坐在牠最喜愛的窗臺上，注視著小男孩。

「我把泳鏡放到背包裡去了嗎？有沒有看到我的泳鏡？沒有。當然，你不知道什麼是泳鏡，因爲你根本就不喜歡水。好可惜哦！游泳是最好玩的運動。要不要來一片餅乾？」小男孩拿著貓餅乾的盒子問。

小男孩很大方地抓了一大把餅乾給牠，而大胖黑貓爲了延長享受美食的滋味，慢慢地、嘎吱嘎吱地咬著。眞是好吃，還有魚的味道。

「他是個好男孩。」滿嘴餅乾的貓想著。「好男孩？不，不，應該說是最好的男孩！」貓嚥下餅乾時，修正了一下形容詞。

索爾巴斯，一隻又大又胖的黑貓，當然有充分的理由如此評斷。因爲小男孩不只是花自己的零用錢買貓餅乾給牠吃，還把牠用來「減輕負擔」的便盒清理得乾乾淨淨。除此之外，他也常講些大道理給貓聽。

一人一貓經常一起倚著陽臺欄杆，看著漢堡市忙碌的港口，一待就是好幾個小時。有一次，也是在陽臺上，小男孩對牠說：

「索爾巴斯，看到那艘船嗎？你知道它是從哪裡來的嗎？是利比亞，一個很有意思的非洲國家，因爲建立這個國家的人都是奴隸。我長大以後，要當大帆船的船長，到利比亞去旅行。而你，索爾巴斯，就跟我一起去。你一定會成爲很優秀的航海貓。」

23 大胖黑貓

正如所有在港區長大的孩子，他也有著航行到遠方的夢想。大胖黑貓一邊聽著男孩說話，一邊發出咕嚕咕嚕的聲音，同時望著遠方一艘帆船劃過海面。

沒錯，大胖黑貓對小男孩有股很特別的親暱感。當然，牠也忘不了自己的小命還是小男孩救的。

索爾巴斯以前和七個兄弟姐妹住在籃子裡，離開籃子那一天，牠就和小男孩結下了這段緣分。

媽媽的奶水又溫又甜，索爾巴斯卻想嚐一嚐魚頭的滋味——市場裡的人常把魚頭丟給那些大貓。牠也不是想把整個魚頭吃掉，而是要把它拖到籃子裡，向兄弟們宣告：

「不要再吸可憐媽媽的奶了！沒看到她已瘦成什麼樣子？大家來吃魚吧，這才是港口貓的食物。」

在索爾巴斯離開籃子的前幾天，貓媽媽還很嚴肅地告誡過牠：

「你敏捷、伶俐，這很好，可是你要小心，不要亂跑，不要離開籃子。明天或是後天會有人來，決定你和兄弟們的命運。然後，人們一定會給你們起個可愛的名字，給你們食物吃。你們的運氣還算不錯，能夠出生在港口，因為港口裡的人喜歡貓、保護貓，而他們只不過期待我們幫他們捉老鼠而已。兒子啊，當港口的貓是很幸運的，倒是你要小心一點，因為有件事可能會是你的不幸。兒子，看一下你的兄弟們，牠們不是灰色的，就是有著像老虎一樣的斑紋。而你，全身漆黑，只有下巴有一撮突出的白毛。有些人認為黑貓不太吉利。所以，兒子，你千萬別離開籃子！」

可是，像個小煤球的索爾巴斯還是爬出了籃子，一心想嚐嚐魚頭的滋味，順便看看外頭的世界。

牠朝著賣魚的舖子跑去，豎直的尾巴抖動著。沒走多遠，就經過一隻歪著頭正在打盹兒的大鳥。那是隻長得很醜的鳥，斗大的嘴巴下面還有一個嗉囊。突然間，小黑貓感覺到地面離自己的四隻腳愈來愈遠，還沒有意識到發生了什麼事，就已被大鳥拎到空中。索爾巴斯一邊想起貓媽媽的教訓，一邊要找個能四腳著地的空間，可是下面等著牠的卻是一個張開的大鳥嘴。小黑貓正好落在嗉囊袋裡，一片漆黑，味道也難聞極了。

「放我出去！放開我！」索爾巴斯急得大叫。

「咦，會說話。」大鳥含住嘴巴，擠出聲音說：「你是什麼東西？」

「讓我出去，不然就要抓你了！」索爾巴斯以威脅的口氣說。

「你好像是隻青蛙。你是青蛙嗎？」大鳥仍是緊含著嘴巴，擠出聲音問。

「快悶死了，你這隻白痴鳥！」小貓嘶喊。

「沒錯，是青蛙。好奇怪，一隻黑色的青蛙。」

「我是貓，而且是隻怒氣沖天的貓！快放我出去，不然真的要給你好看了！」索爾巴斯一面說，一面在黑暗的嘴袋裡找一個下爪子的地方。

「你以為我分不出什麼是貓，什麼是青蛙嗎？貓都是毛絨絨的，速度超快，身上還有拖鞋的味道。你是隻青蛙。我吃過許多青蛙，味道還不賴，可是都是綠色的。」大鳥有些擔心，又問：「喂，你不會是有毒的青蛙吧？」

「對，我是有毒的青蛙，而且還會給你帶來惡運！」

「這下怎麼辦？有次我吃了有毒的海膽，結果也沒怎樣。到底要吞下去，還是吐出來？」大鳥正在考慮，卻再也沒有機會說話了。牠突然強烈地擺動身體，拍打著翅膀，最後張開了嘴巴。

小索爾巴斯全身沾滿黏黏的口水，先露出頭，然後跳了出來。抬頭一看，有個小男孩捉著大鳥的脖子，一邊猛力搖晃一邊說：

「你這隻瞎了眼的笨鵜鶘！來，小貓咪，你差點就進了這個大笨鳥的五臟廟。」小男孩抱起了小貓。

就這樣，開始了小男孩與黑貓之間長達五年的友情。

小男孩在貓的額頭上吻了一下，使牠從回憶中回過神來。牠看著男孩把背包整理好後，走向門邊。小男孩再次道別：

「我只要四個星期就會回來，索爾巴斯，我保證天天都會想你。」

「再見，索爾巴斯！」

「再見，肥肥！」小男孩的兩個弟弟也跟著道別。

大胖黑貓聽到關門及上了兩道鎖的聲音後，便跑到靠著大街的窗邊，目送小男孩一家人離去。

大胖黑貓心滿意足地喘了口氣，哈！地板終於歸我管了，而且長達四個星期！有個家中友人會每天來開一個貓罐頭餵牠，順便清理一下便盆。整整四個星期，索爾巴斯可以懶洋洋地躺在沙發上、賴在床上，或是走到陽臺，爬上屋頂，再跳到栗樹的樹枝上，順著樹幹溜到後院，去和村裡其他的貓咪會合。不會無聊，絕對不會。

索爾巴斯全都計畫好了。不過，大胖黑貓卻無法預知，不久之後即將在自己身上發生的事。

第3章

看到漢堡的教堂高塔

肯嘉想展開翅膀飛起來，可是厚重的海浪來得很快，一下子就把牠的全身都覆蓋住。肯嘉再度浮出海面時，發現白天的光線忽然全都消失不見。牠用力甩甩腦袋，才發現原來是「海洋的詛咒」遮住了自己的視線。

有著銀色羽毛的肯嘉，不斷將頭浸到海水裡，一直到沾滿石油的瞳孔可以看到一點點光亮為止。這種黏黏的汙塊、黑色的瘟疫，把翅膀都黏在軀體上了。牠只能使勁划動雙腳，希望游得快一點，好脫離這股黑潮的範圍。

由於太過用力，肌肉開始抽搐，但是牠終於游到石油汙染與清澈海水的交界處。肯嘉不斷把頭鑽到水裡，終於把眼睛洗乾淨，抬頭看了看天空，在大海與遼闊的蒼穹之間，只有幾許白雲。「赤砂燈塔」的夥伴早已飛到遠方，不見蹤影。

這就是大自然的法則。牠也曾見過其他海鷗突然被那致命的黑潮所吞噬，即使是想飛下去幫忙也無濟於事，只好默然飛離。海鷗要遵循的法則之一是，不能看到同伴死亡。

海鷗的翅膀一被石油黏在身體上，就會動彈不得，很容易成為大魚攻擊的目標，再不然就會因為石油滲入羽毛裡，堵住氣孔，慢慢窒息而死。

這就是肯嘉所面臨的兩種選擇。牠倒希望被大魚吃掉，如此痛苦就不會拖得太久。

黑色的汙漬！黑色的瘟疫！肯嘉一面等著死亡的終局，一面咒罵著人類。

「不，我不該罵所有的人類。我不該成為一隻不公正的海鷗。」肯嘉虛弱地自言自語。

有很多次，牠從空中看到大型的油輪利用岸邊起霧的時刻，把船開到大海裡清洗油槽。上千公升濃稠惡臭的物質就這樣神不知鬼不覺地被排放到大海，隨著海浪四處散開。有時候，牠也會看到一些小船設法要靠近大油輪，以阻止它們放油。但是，那些裝飾著彩虹顏色的小船並不能每次都把大船逮個正著，阻止大油輪汙染海洋。

肯嘉度過了一生中在水面上棲息的最長時間，心中愈來愈害怕。牠會遭遇另一種死法嗎？比被大魚吃掉、比痛苦窒息還糟的死法——餓死。

想到自己要慢慢死亡，肯嘉絕望得使盡全身力氣，掙扎了一下。牠很驚訝地發現石油並沒有真正把翅膀黏在身上，雖然羽毛上都沾滿了稠稠的油漬，但翅膀仍然可以伸展。

「也許可以離開這裡，也許我能飛得高一點，讓太陽把油漬溶化掉。」肯嘉想。

牠想起一隻夫里西亞島的老海鷗講過的故事，故事是說一個名叫伊加羅的人，爲了完成想飛的夢想，便用老鷹的羽毛製成一對翅膀，他眞的飛了起來，一直飛到靠近太陽的地方，結果太陽的熱氣使那些用來黏貼羽毛的臘溶化，他也就墜落下來。

肯嘉用力揮動翅膀，收起雙腳，但是才飛升了半公尺，就倒栽進水裡。牠在重新試飛之前，先潛到水裡，揮動翅膀清洗一下。這次再跌下來時，已能飛到一公尺的高度了。

原來是尾巴上的羽毛被可惡的石油黏住了，因此在上升時無法有效地發揮作用。肯嘉再次潛到水裡，忍著痛，用嘴巴清理沾在尾巴上的汙物，一直到確認自己的尾巴乾淨爲止。在第五次嘗試時，肯嘉終於飛了起來。

多了一層石油的重量，肯嘉無法滑翔，只能用力揮動翅膀。只要稍停一下，身體就會朝下墜落。還好，肯嘉年輕力壯，肌肉還有足夠的力量負荷。

飛高之後，肯嘉一面拍著翅膀，一面看著下方，勉強可以看到那像一條白線的海岸線。牠也看到幾艘船，就像是在有波紋的藍布上活動的動物。牠再飛高一些，但是期待中的太陽功能並未發生。或許是因爲陽光太弱，也或許是因爲沾在身上的油汙太厚。

肯嘉知道自己的力量正在減弱，無法撐太久，需要找一個降落的地點，於是牠沿著易北河彎彎曲曲的綠色線條飛向內陸。

翅膀愈來愈重，力量愈來愈弱。肯嘉漸漸往下墜。

爲了再度爬昇，肯嘉閉上了眼睛，奮力揮動翅膀。不知飛了多久，當牠再睜開眼時，發現自己正在一個有著金黃色風向標的高塔上空。

「聖米格爾教堂」，肯嘉認出那是漢堡市有名的教堂高塔。

牠的翅膀已經虛脫。

第4章
貓許下的三個承諾

大胖黑貓在陽臺上晒太陽。牠肚皮朝上，四腳收起，伸展著尾巴享受暖洋洋的陽光，一邊發出咕嚕咕嚕的聲音，一邊胡思亂想著此時此地的好處。

就在牠懶懶地翻身，想讓太陽晒晒背脊的那一刻，忽地傳來一個飛行物體發出的嗡嗡聲，還無法辨識出是什麼，那物體就急速飛了過來。大胖黑貓很機警地跳起來，先是四腳著地，再躲向一邊，剛剛好避開掉落在陽臺上的海鷗。

那是隻很髒很髒的鳥。整個身體都沾滿了一種黑漆漆而且味道很難聞的東西。

索爾巴斯靠近了些。海鷗拖曳著翅膀想把上身撐起。

「你降落的樣子不是很優雅。」索爾巴斯對海鷗說。

「對不起，沒有別的辦法。」海鷗也承認。

「喂，你看起來糟透了。你身上沾到什麼？臭死了！」索爾巴斯說。

「我是被黑潮汙染到了。那是黑色的瘟疫、海洋的詛咒。我快要死了。」

海鷗呻吟著說。

「死掉？別說這種話，你只是太累、太髒而已。你爲什麼不飛到動物園去？離這裡沒有多遠，動物園裡有獸醫可以幫助你。」索爾巴斯提議。

「不行了，這是我最後的飛行。」海鷗以極微弱的聲音說完，然後就閉上了眼睛。

「千萬不要死！休息一下就會好起來。你餓了嗎？我去弄些貓食來給你，千萬別死。」索爾巴斯一面哀求一面靠近那癱軟的海鷗。

大胖黑貓硬著頭皮，舔了舔海鷗的頭。覆蓋在鳥身上的怪東西，味道還眞的難聞死了。當舌頭舔過海鷗的脖子時，大胖黑貓感覺得到牠的呼吸愈來愈弱。

「聽著，朋友，我想幫你的忙，但不知道要怎樣才幫得上。你在這裡儘量休息，我去找別的貓問一下，到底要用什麼方法來幫一隻生病的海鷗。」索爾巴斯在跳上屋頂之前對海鷗說。

就在索爾巴斯準備朝著栗樹方向走去的時候，牠聽到海鷗的呼喚，便又折了回去。

「要我留些貓食給你嗎？」索爾巴斯故作輕鬆地提議。

「我要下一個蛋，用我僅剩的力量下一個蛋。貓朋友，我知道你是隻心地善良的動物，充滿同情心。因此請你答應我三件事，可以嗎？」海鷗笨拙地想用雙腳站起來，但是失敗了。

索爾巴斯想，這隻可憐的海鷗一定是神智不清了。面對一隻苦難中的鳥，牠唯一能做的當然就是見義勇爲。

「什麼事情我都答應你，但現在你最好休息一下。」索爾巴斯以憐憫的口氣說。

「沒有時間休息了。你要保證不會吃掉我生下來的蛋。」海鷗勉強睜開了眼睛說。

「保證不吃。」索爾巴斯重複道。

「你保證看護這個蛋，一直到孵出小海鷗。」海鷗揚起了脖子。

「我保證會看護這個蛋，一直到孵出小海鷗來。」

「你保證會教牠學會飛翔。」海鷗緊盯著貓的眼睛。

這時，索爾巴斯確定海鷗不只是神智不清，牠根本就是瘋掉了。

「我保證教牠學會飛翔。現在請你不要胡思亂想，我去找救兵。」索爾巴斯跳到屋頂上時說。

肯嘉抬頭望了望天空，感謝那些曾陪伴過牠的風，就在呼出最後一口氣的同時，一顆小小的、有著藍色斑點的蛋滑落在牠那沾滿石油的軀體旁邊。

第5章 求助

索爾巴斯很快地從栗樹樹幹上溜下來，爲了避免被閒晃的狗看到，牠快速走過後院，來到大街上。在確定沒有車子經過之後，牠穿過馬路，朝著港口的義大利餐廳「古內歐」奔去。

兩隻正在嗅著垃圾桶的貓看到了索爾巴斯。

「欸！兄弟，看到了嗎？那隻小胖子挺帥氣的。」其中一隻說。

「看到了，長得還眞黑。說牠像一球脂肪，還不如說牠像一團瀝青。喂，黑炭頭，你上哪兒去？」另外一隻說。

索爾巴斯雖然有事在身，卻仍不能輕易放過這兩個流氓的挑釁。所以牠停下腳步，豎起背毛，跳到垃圾桶蓋上。

索爾巴斯慢慢舉起一隻前腳，再伸出一根尖銳的長爪子，在其中一個傢伙的眼前晃了晃。

「喜歡嗎？我還有九個，要不要在脊樑骨上試一試？」索爾巴斯的聲音很平靜。

看著眼前的爪子，那隻貓吞了吞口水後才回答。

「沒事，首領。天氣還眞不錯！對吧？」牠回答時，目光一直沒有離開面前的爪子。

「那你呢？又怎麼說？」索爾巴斯對另外一隻貓說。

「我也認爲是個好天氣，雖然有些冷，但還是很適合散步。」

把問題擺平後，索爾巴斯繼續原來的路程，來到餐廳門口。餐廳裡，侍者正在爲用中餐的客人做準備。索爾巴斯喵喵叫了三次後，坐在樓梯臺階上等著。沒有多久，那隻叫做「祕書」的貓走了出來。牠是很瘦的羅馬貓，鼻子兩邊各有一撮鬍子。

「很抱歉，如果你沒有事先預約，我們就無法爲你服務。已經客滿了。」祕書很有禮貌地說。但在牠繼續說下去之前，索爾巴斯打斷了牠。

「我急著要見科隆奈羅。這是十萬火急的事情。」

「十萬火急！每次都是火燒屁股才來！我去看看有什麼辦法，這完全是因爲急事，才對你特別通融。」祕書說完，就轉身回餐廳。

科隆奈羅的年紀無法確定。有的貓說牠和收容牠的餐廳年歲差不多；另有貓說科隆奈羅還要更老一些。但不管怎樣，科隆奈羅的年齡不重要，重要的是牠能爲那些面臨難題的貓提供意見。雖然牠從未能眞正解決過任何難題，但最起碼牠的建議總是有激勵貓心的作用。科隆奈羅就憑著牠的年紀與這項才能，成了港口裡最有權威的貓。

祕書跑著回來，說：「跟我來。科隆奈羅願意破例見你。」

索爾巴斯跟在後面。牠們從餐桌和椅子下面穿過大廳，一直走到倉庫的入口。再從窄窄的樓梯跳下去，科隆奈羅就在下面，牠正豎著尾巴，檢查一些香檳的軟木瓶塞。

「畜生！老鼠把餐廳最好的香檳軟木塞給啃了！嗨，索爾巴斯，親愛的朋友。」科隆奈羅很喜歡用義大利話和大家打招呼，牠在說「畜生」、「親愛的朋友」等口頭禪時都用義大利話。

索爾巴斯說：「在正忙的時候打擾您，眞是不好意思。有個很嚴重的問題要向您請教。」

「請說，親愛的朋友！祕書，去拿些早上的千層麵來招待我的朋友。」科隆奈羅命令說。

「早就被你吃光了！我連聞都沒有聞到。」祕書抗議。

索爾巴斯道了謝，牠並不餓，因此很快就把話題轉到海鷗的意外事件，以及牠不得不做的承諾。老貓捻著鬍鬚靜靜地聽著，思索良久之後才打破沉默，有力的說：「畜生！一定要幫助這個可憐的小海鷗，讓牠飛起來。」

「是啊，可是應該怎麼做？」索爾巴斯問。

「最好去問一下萬事通。」祕書提議。

「這正是我要說的。爲什麼每次你都要搶我的話？」科隆奈羅抗議。

「這是個好主意。我這就去見萬事通。」索爾巴斯說。

「我們一起去。在港口裡，一隻貓的問題便是大家的問題。」科隆奈羅很正經地宣示。

於是，三隻貓從倉庫出來，穿過港口那成排房子彎彎曲曲的後院，跑向萬事通的神聖住所。

第6章

怪異的商店

萬事通住在一個很難形容的地方。第一眼看過去，它給你的感覺可能是：充滿古怪事物的商店、擺放奇妙東西的博物館、裝滿無用機械的倉庫、全世界最混亂的圖書館，或者是某個聰明發明家的實驗室，專門發明一些無法命名的器械。但以上任何一種說法，都不足以形容這個地方。

這個地方叫做「港口的哈利商店」。商店的主人哈利是個老海員，曾在七大洋暢遊五十年之久，並從經過的無數港口收集到各式各樣的東西。

當哈利的骨頭逐漸老化，不能再航海的時候，他決定從航海家轉業成爲陸地上的水手，把一生所收集到的東西擺在一起，開了個店面。他先是在臨近港口的街上租了一幢三層樓的房子，沒有多久就不敷使用，裝不下那些怪到無法想像的收藏品。於是，他又把隔壁的二層樓房租下來，但還是不夠用。最後，租到第三幢的房子時，才足夠把他所有的寶貝用獨特的順序陳列出來。

哈利運用許多走廊、窄梯，把三個房子連接在一起。他收藏的東西大約有一百萬件，其中特別值得一提的是：

七二〇〇頂被風刮跑過的軟質寬簷帽

一六〇個因爲有不得不環繞世界一周的壓力而暈頭轉向的舵輪

二四五個挑戰濃霧的船用信號燈

十二個曾被性情暴躁的船長敲過的通訊指令機

二五六個從不會出錯的羅盤
六個和實際一樣大的木刻大象
兩個正在凝視大草原的長頸鹿標本
一個北極熊標本，還有從其胃部取出的挪威探險家的右手——也是標本
七〇〇個風扇，搧出的風可以讓人覺得像是熱帶午後的清涼微風
一二〇〇個保證可以讓人有個好夢的黃麻製吊床
一三〇〇個表演過愛情故事的蘇門答臘木偶
一二三個只放映景色會令人感到幸福的投影機
五四〇〇本四十七種語言的小說
兩個艾菲爾鐵塔的複製品，一個是用五〇萬根縫衣針組成的，另一個是
用三〇萬根牙籤做成的
三座英國海盜船上的大砲

十七個在北海海底找到的錨
二〇〇〇張日落的圖畫
十七臺名作家用過的打字機
一二八件身高二公尺以上的男人穿的法蘭絨長襯褲
七件小矮子穿的燕尾服
五〇〇個海泡石煙斗
一個指向南十字星的航海用星盤
七個超級大海螺，可以聽到船難神話中的遙遠回音
十二公里長的紅絲線
兩個潛水艇的艙門
以及其他數不完的東西。

要參觀商店必須買門票。進入之後，會看到商店裡有著長長的走廊、狹窄的樓梯，而那些像迷宮般的房間都沒有窗戶。在商店裡，一定要有相當好的方向感才不會迷路。

哈利有兩隻寵物：一隻是黑猩猩，名叫馬弟亞，負責售票、維持秩序、和老水手玩跳棋——雖然牠下棋的技巧不是很好。馬弟亞愛喝啤酒，也喜歡在賣票時故意少找些零錢。另一隻寵物就是萬事通，一隻灰色的貓，個頭很小，體型略瘦，大部分時間都埋首於書堆裡。

科隆奈羅、祕書與索爾巴斯，都高翹著尾巴，大搖大擺地進入商店。很不幸的，哈利不在售票亭裡。如果老人在家，他會很和善地向貓客人打招呼，並給牠們一些臘腸吃。

「等一下，你們這些跳蚤包！忘了買票啦。」馬弟亞大叫。

「從什麼時候開始，貓也要買票？」祕書問。

「門上的告示牌寫著『入場券：二馬克』。沒有一個地方寫著貓可以免費入場。總共八馬克，不然就滾蛋。」黑猩猩吼得很大聲。

「猴子先生，你的算術好像不太行。」祕書抗議。

「這正是我要說的，祕書，你又把我的話搶去了。」科隆奈羅對祕書抗議。

「好啦！你們到底是要付錢，還是要滾蛋？」馬弟亞以威脅的口吻說。

索爾巴斯一下就跳進售票亭，直盯著黑猩猩的眼睛，一直盯到馬弟亞開始眨眼、流淚。

「好吧，事實上是六馬克，誰都會犯錯啊。」馬弟亞有點膽怯地說。

索爾巴斯仍然死盯著黑猩猩，前腳伸出一隻爪子。

「馬弟亞，喜歡不喜歡？我另外還有九隻。想想看，爪子搔到你那個露在外面的紅屁股時，是什麼滋味？」索爾巴斯的口氣非常平靜。

子。

「好吧，這次就當我沒看到。可以進去了。」黑猩猩也一副故作平靜的樣

三隻貓的尾巴都驕傲地高挺著，走進那錯綜複雜的迷宮。

第7章
閱讀百科全書的貓

「糟了，糟了！很糟糕的事發生了。」三隻貓一走過來，萬事通就大叫。

萬事通焦急地踱步，前面地板上擺著一本大書。牠不時地用前爪去搔腦袋，看起來愁眉苦臉的。

「發生了什麼事？」祕書問。

「這正是我要問的事，你怎麼老是改不了搶話的習慣。」科隆奈羅說。

「什麼事這麼嚴重？」索爾巴斯也問。

「怎麼不嚴重？太糟了！糟極了！這些該下地獄的老鼠把一整頁地圖啃掉

了，整個馬達加斯加都不見了。太糟糕了！」萬事通捻著鬍鬚說。

「祕書，幫忙記著，我要發起一次狩獵大會，好對付這些吃掉馬斯加……，馬加斯……，不管它，你們都知道我要說的地名。」科隆奈羅說。

「馬達加斯加。」祕書精確地說出地名。

「繼續呀，你再說，再搶我的話呀！畜生！」科隆奈羅抗議了一番。

「萬事通，我們會助你一臂之力。但現在我們來這裡，是因爲有件重要的事情要你幫忙。你無所不知，或許能幫上忙。」接著，索爾巴斯把海鷗的悲慘故事說了一遍。

萬事通專心聽著，不時點頭表示同意。索爾巴斯敘述到緊要關頭時，萬事通也激昂得豎起尾巴，不久才把尾巴塞回到後腿之間。

「……就這樣，在我離開前不久，海鷗的情況很不妙。」索爾巴斯講完了。

「糟了，糟極了！讓我想想看：海鷗、石油……石油、海鷗……病海鷗……對了！我們去查一下西班牙文百科全書。」萬事通找到了答案，顯得興高采烈。

「百……什麼？」三隻貓都問。

「百—科—全—書。一本關於知識的書。我們應該找海鷗『G』在第七冊，石油『P』在第十七冊。」萬事通很果斷地下了決定。

「那麼，我們就來看看這個百……什麼的書。」科隆奈羅提議。

「百—科—全—書。」祕書慢慢地說著。

「這正是我要說的，再一次證明你無法不搶別人的話。」科隆奈羅嘟噥道。

萬事通攀爬到一個很高的書架上，上面排滿了厚厚的、極爲壯觀的書。找到G和P那二冊之後，萬事通便把它們撥下來，然後從書架上迅速地跳下，用牠那因常常翻書而變得很短的爪子翻閱著。三隻貓爲表示敬意，靜靜地圍在牠身邊。萬事通以幾乎聽不見的聲音，繼續嘀咕道：

「不錯，我想我們的方向沒有錯。眞是有趣。籠子（Gavia）、桅樓瞭望員（Gaviero）、鷂（Gavilan），眞是有意思。你們聽：鷂是一種很可怕的鳥類，可怕極了！牠是最殘忍的猛禽之一。可怕極了！」萬事通興奮地說。

「我們不是在找『鷂』，我們要找的是『海鷗』。」祕書打斷萬事通的話。

「拜託一下，你不要再搶話了，好嗎？」科隆奈羅在旁抗議。

「對不起，對我而言，百科全書有著無限的魅力，每次翻開它，都會學到一些新東西。」萬事通有點歉意地說著，繼續翻找那個字。

可是百科全書中有關海鷗的部分並沒有多大用處，只讓那些貓知道牠們所關心的海鷗是銀色海鷗，因爲這種海鷗有銀色羽毛。

在「石油」的條目上，也沒有找到能幫助海鷗的方法。萬事通卻以學術演說的方式，把石油的相關知識講了一遍，甚至談到七〇年代發生的石油戰爭。

「這簡直是白費力氣！講重點就好了。」索爾巴斯說。

「糟了，糟了。百科全書第一次讓我失望。」萬事通承認索爾巴斯的評論。

「在這個百……什麼的書，你知道我要說的那個字，有沒有如何去掉石油汙漬之類比較有用的知識？」科隆奈羅提出了問題。

「聰明！聰明極了！應該從這兒開始。我馬上就去把第十八冊的去汙『Q』部分拿下來。」萬事通還沒講完話，就爬上了書架。

「你看吧，如果你沒有搶話的習慣，我們早就知道怎麼做了。」科隆奈羅瞪著沉默的祕書說。

在去汙漬這一條，除了找到如何去除果醬、墨汁、血跡、覆盆子糖醬等汙漬的方法之外，也有去掉石油汙漬的方法。

「找到了，書上說要用布沾輕油精去擦拭受汙的表面。」萬事通說。

「我們什麼東西都沒有，到哪兒去找輕油精？」索爾巴斯很不高興地低聲抱怨。

「如果我沒有記錯的話，餐廳的地下室有一罐泡著油漆刷的輕油精。祕書，你知道接下去該怎麼做了吧！」科隆奈羅說。

「對不起，先生，我不太懂你的意思。」祕書略有歉意地回答。

「很簡單。你用你的尾巴沾上輕油精，然後和大家一起去照顧那隻可憐的海鷗。」科隆奈羅看著別的方向說。

「啊，不！這不行，絕對不行！」祕書抗議說。

「對了，今天晚上的菜可能有雙倍的奶油肝。」科隆奈羅自言自語地說。

「知道了，把尾巴放到輕油精裡……，你是說奶油肝？」祕書痛下決心。

萬事通決定陪伴他們一起去，四隻貓跑到哈利商店的出口。黑猩猩看到他們出去時，正好喝完一瓶啤酒，只打了一個響嗝。

第8章 孵蛋

四隻貓從屋頂跳到陽臺上，馬上就知道牠們來晚了。科隆奈羅、萬事通、索爾巴斯懷著敬意看著已沒有生命跡象的海鷗，祕書則在旁邊一直揮尾巴，想把上面的輕油精味甩掉。

「我認爲應該把牠的翅膀合攏起來，通常在這種情況下都要這麼做。」科隆奈羅指示說。

貓兒們強忍著輕油精的臭味，把海鷗的翅膀收在軀體邊時，發現了一顆有著藍色斑點的蛋。

「一顆蛋！牠還來得及生出一顆蛋！」索爾巴斯大叫大嚷。

「親愛的朋友，你惹上一個大麻煩了，眞是個大麻煩。」科隆奈羅提醒索爾巴斯。

「我要拿這個蛋怎麼辦？」索爾巴斯有點哀傷地問自己。

「蛋有很多用途，例如可以做蛋餅。」祕書提議。

「對呀！看一下百科全書就知道如何做出最好吃的蛋餅。蛋餅『T』字好像是在第二十一冊裡。」萬事通補充說。

「想都別想！索爾巴斯答應過這隻可憐的海鷗，會保護蛋以及孵出的雛鳥。任何一隻港口貓所做的承諾，都和所有港口貓有關，因此，誰都不准碰這顆蛋。」科隆奈羅很鄭重地宣示。

「可是我根本不知道怎麼照顧一顆蛋！我從來沒有做過這種事。」索爾巴斯顯得有些焦急。

於是，所有的貓都轉頭看著萬事通。牠們心想，或許那套有名的百──科──全──書裡會有相關的資訊。

「我要參考一下蛋，『H』那一冊裡面應該有我們想要知道的知識。目前我建議給它溫暖，身體的溫暖，而且要很多很多。」萬事通有點像是在賣弄學問。

「你要和蛋躺在一起，但不能弄破它。」祕書建議。

「這正是我要說的。索爾巴斯，你留下來照顧蛋，我們陪萬事通去查一下他的百……什麼全，百……什麼書，算了，反正你們都知道我要說什麼。我們晚上再帶消息回來，到時侯大家一起來埋葬這隻可憐的海鷗。」科隆奈羅在跳上屋頂之前對索爾巴斯說。

萬事通和祕書也跟著離開。留下索爾巴斯、一顆蛋，以及一隻死去的海鷗在陽臺上。索爾巴斯小心翼翼地躺下，把蛋撥到肚子邊。牠覺得有些尷尬，如果被早上那兩隻和牠吵過架的流氓貓看到，一定會嘲笑牠。

但承諾就是承諾。就這樣，在溫暖的陽光下，索爾巴斯漸漸睡去，那顆有著藍色斑點的白蛋就在牠黑色的肚皮旁邊。

第9章

悲傷的夜

在月光下，祕書、萬事通、科隆奈羅與索爾巴斯一起在栗樹下挖了一個坑。牠們之前已經確認沒有人注意，才把死去的海鷗從陽臺上很小心地抬到後院，把屍體放進坑裡，埋上泥土。接著，科隆奈羅以沉重的語調說：

「各位貓同志，我們在這個月夜與一隻不幸的海鷗道別，我們不知道牠的名字，也沒有機會認識牠。在萬事通的幫助之下，我們只知道牠是一種銀色海鷗，很可能來自遠方河水與大海交界的地方。但重要的是，牠在臨死前來到我們的朋友索爾巴斯的家中，把所有的希望都寄託在索爾巴斯身上。索爾巴斯答應要照顧牠在臨死前產下的蛋，答應保護從蛋中孵出的小海鷗，還有更困難的一件事，就是索爾巴斯答應牠要教小海鷗學飛……。」

「飛行的『V』字是在第二十三冊。」萬事通在一旁嘟嘟囔囔。

「這正好是科隆奈羅想要說的。你也不要搶他的話。」祕書說。

「一個極難完成的承諾。」科隆奈羅冷冷地說。「我們都知道港口貓說到做到，爲了幫助索爾巴斯實現諾言，首先索爾巴斯在孵出小海鷗之前不能離開海鷗蛋，萬事通回去參考牠的百全……什麼的，總之就是那套書裡有關飛行的所有知識。現在我們一起來向海鷗道別，向一隻因爲人類的愚蠢行爲而不幸犧牲的海鷗道別。讓我們把脖子伸向月亮，開始唱港口貓的離別歌吧。」

就在那棵老栗樹下，四隻貓喵嗚、喵嗚地唱起一連串的禱文。沒有多久，四周的貓和河對岸的貓也加入合唱，接下來，除了貓叫聲之外，又加入了狗的嚎嗥、籠中金絲雀那令人憐憫的啾聲、巢裡麻雀的吱叫、悲傷青蛙的呱嗚，以及黑猩猩馬弟亞那走了調的尖叫。

漢堡市所有的屋子都亮起了燈。那一晚，每一個市民都覺得很奇怪，爲什麼所有的動物都如此不尋常地哀鳴。

第 2 部

第1章

孵蛋的貓

大胖黑貓躺在蛋的旁邊，保護了它好幾天。每次索爾巴斯一不經意地動了動，海鷗蛋就會離開身體幾公分，索爾巴斯只好用毛茸茸的爪子輕輕的把蛋勾回身邊。這是一段既長又不舒服的日子，大胖黑貓有時會覺得自己是在白費力氣，因爲牠保護的東西看起來只是一個沒有生命的物體，像是一個有著白底藍斑、容易破碎的石塊。

有時，因爲沒有活動的關係，身上的肌肉會不斷抽搐。可是科隆奈羅的命令是，只有在吃飯及上便盆時才能離開海鷗蛋一會兒。牠實在很想確定看看，那個鈣質的蛋裡是否眞的有隻小海鷗在成長。於是，牠先把一隻耳朵貼在蛋殼上，然後再換另一隻耳朵。沒有，什麼聲音都聽不到。牠又把蛋拿起來逆著光線瞧，沒有用，這顆有藍色斑點的蛋殼太厚，根本就不透光。

科隆奈羅、祕書、萬事通每個晚上都會過來一下，檢查海鷗蛋是否像科隆奈羅所說的，有「預期的進展」。可是，每次看到的海鷗蛋都和第一天一樣，大家又忍不住七嘴八舌起來。

萬事通不停地惋惜說，他的百科全書竟然沒有寫到孵化時間的長短，在那本厚厚的書中，唯一找到的正確資料是：依照海鷗媽媽的種類，孵化可能需要十七到三〇天。

對大胖黑貓來說，孵蛋還眞是不容易。牠永遠記得那天早上的驚險狀況——負責照顧牠的那位家中友人，覺得地板上的灰塵太多，決定用吸塵器清理一番。

每天早上，這個人一來到家裡，索爾巴斯就會把海鷗蛋藏在陽臺上的花盆之間，然後花幾分鐘去應付那個每天來清理便盆、開罐頭的大好人。索爾巴斯會喵喵地表達一下謝意，在他的腿邊摩蹭摩蹭，這個人就會在離開時稱讚牠是隻乖貓。但是那天早上，索爾巴斯聽到他清理完客廳與臥房後說：

「現在該清理陽臺了，花盆那邊實在是太髒了。」

接下來，這個人就聽到一個水果盤摔碎的聲音。他趕忙奔到廚房，在門邊大叫：

「索爾巴斯，你瘋啦！看看你做的好事！趕快出去，大笨貓，萬一腳被玻璃碎片刺到的話，那該怎麼辦。」

索爾巴斯故意裝著很不好意思的樣子，把尾巴夾在兩條後腿之間，快步回到陽臺，一邊還說：「罵得眞難聽！」

索爾巴斯費了好大的勁，才把海鷗蛋像球一樣「滾」到臥室的床下，在那裡等著那個人結束清潔的工作後離開。

在孵蛋的第二十天傍晚，索爾巴斯正在睡覺，所以沒有察覺到海鷗蛋有了動靜。它動得很輕微，但確實是在動，好像想要在地板上滾一滾。

肚皮有點癢，把索爾巴斯弄醒了。牠睜眼一看，嚇得跳了起來，因爲牠看到海鷗蛋上有個裂縫，一個黃色尖尖的東西若隱若現。

索爾巴斯用前腳捧起海鷗蛋，一隻雛鳥正在用嘴啄蛋殼，直到啄出一個洞，並把白色的、溼溼的小腦袋鑽了出來。

「媽咪！」小海鷗叫著。

索爾巴斯一下子不知如何回答，只覺得自己黑色的毛皮一定是因爲當時的興奮與羞赧而變成淡紫色的。

第2章 當媽媽真不簡單

「媽咪！媽咪！」小海鷗在爬出蛋殼後又叫了起來。小海鷗跟牛奶一樣白，細薄、短短的羽毛稀疏的覆蓋在軀體上。牠試著向前走了一步，便一頭栽在索爾巴斯的肚皮上。

「媽咪！好餓喲！」小海鷗啄著貓的皮膚。

給牠什麼東西吃？這一點萬事通完全沒有交待。索爾巴斯只知道海鷗都是吃魚的，可是從哪裡弄魚來？索爾巴斯跑到廚房，滾著一個蘋果回來。

小海鷗搖搖晃晃的支起上半身，撲上水果。但牠那黃色的小尖嘴一碰到蘋果，就像塑膠一樣彎了起來。小嘴瞬間變直的衝力，把小海鷗彈得摔倒在地。

「好餓喲！」小海鷗發脾氣，大叫：「媽咪！好餓！」

索爾巴斯又試著讓小海鷗啄食馬鈴薯、貓餅乾——因爲全家人都在渡假，實在沒有太多東西可以選！眞後悔啊！眞不該在小海鷗出生之前把貓食吃個精光。一切都是白費力氣，小鳥的嘴太軟，碰到馬鈴薯就會彎曲。在絕望中，索爾巴斯突然想到小海鷗也是鳥類，而鳥類都是吃昆蟲的。

索爾巴斯來到陽臺，很有耐心地等著一隻蒼蠅飛到爪子的範圍之內。沒多久就捉到一隻蒼蠅，帶給那餓得不得了的小海鷗。

小海鷗用嘴叼起蒼蠅，壓扁後，閉上眼睛吞了下去。

「好吃！我還要，媽咪，我還要！」小海鷗興奮得直叫。

索爾巴斯從陽臺這一邊跳到另一邊。就在牠捉到五隻蒼蠅及一隻蜘蛛的時候，前面屋頂上傳來了流氓貓的聲音，就是前幾天碰到的那兩隻。

「兄弟，快看。小胖子在做運動，有這種身材，隨便怎麼跳都像是個舞蹈家。」其中一個說。

「我倒覺得牠是在練有氧運動。眞是個又健康又漂亮的小胖子。好柔媚，好有韻味喲。喂，油球，你是要去參加選美大賽嗎？」另一隻貓說。

兩個流氓貓接著就大笑起來，反正是隔著一個院子，保持安全距離。

索爾巴斯很想讓那兩個傢伙知道牠鋒利爪子的厲害，但是因爲隔得太遠了，只好帶著戰利品回到饑腸轆轆的小海鷗身邊。

小海鷗大口大口地把五隻蒼蠅吃了下去，但卻拒絕吃蜘蛛。牠吃完後很滿足的打了個嗝，然後緊貼著索爾巴斯的肚子縮成一團。

「我想睡覺，媽咪。」小海鷗說。

「喂，很抱歉，我不是你的媽咪。」索爾巴斯說。

「你當然是我的媽咪。而且是個好媽媽。」小海鷗靜靜地閉上了眼睛。

科隆奈羅、祕書和萬事通來到時，正好看到小海鷗和索爾巴斯睡在一起的模樣。

「恭喜！好漂亮的小鳥。出生時有多重？」萬事通問。

「這是哪門子問題？你明知我不是這隻小鳥的媽！」索爾巴斯裝著事不關己的樣子說。

「就是在這種情況下都會問的問題嘛，不要生氣。這隻小鳥還眞的很漂亮。」科隆奈羅說。

「糟了！糟了！」萬事通邊叫邊把前腳抬到嘴邊。

「什麼事糟了？快說。」科隆奈羅問。

「小鳥沒有東西吃。糟了！糟了！」萬事通繼續大叫。

「沒有錯，我已經給了牠一些蒼蠅吃，但牠應該很快就會再喊餓了。」索爾巴斯回答。

「祕書，你還在等什麼？」科隆奈羅說。

「對不起，先生，我不太懂你的意思。」祕書問。

「快去餐廳拿些沙丁魚回來。」科隆奈羅命令說。

「爲什麼是我？爲什麼每次都是我在跑腿？我去把尾巴浸在輕油精裡，現在又要去找沙丁魚，爲什麼每次都是我？」祕書抗議。

「親愛的先生，因爲今天晚上我們會吃羅馬風味的烏賊，你不覺得這就是個很好的理由嗎？」

「可是，我尾巴上的輕油精味到現在還沒有散。……你是說羅馬風味的烏賊？……」祕書已經跳上了木桶。

「媽咪，牠們都是誰？」小海鷗指著那些貓問。

「媽咪，牠叫你媽咪。好溫馨喲！」萬事通在索爾巴斯用眼神制止牠閉嘴之前脫口而出。

「好吧，親愛的朋友，你已完成了第一個諾言，第二個也快完成，現在只剩下第三個了。」科隆奈羅向大家宣示。

「也是最困難的一個：教牠飛翔。」索爾巴斯以自嘲的語氣說。

「我們會一起想辦法。我正在查閱百科全書，但是獲得智慧總是需要些時間。」萬事通很有信心的說。

「媽咪！我又餓了！」小海鷗打斷了大家的談話。

第3章

千鈞一髮

在小海鷗出生的第二天，問題就變得複雜起來。索爾巴斯必須想盡辦法避免讓家中的那位友人發現小海鷗。一聽到開門的聲音，索爾巴斯就用一個空花盆把小海鷗扣在裡面，然後一屁股坐在花盆上。幸運的是，那個人沒有來到陽臺，當然在廚房聽不到小海鷗抗議的叫聲。

這位友人像往常一樣，清理便盆，換上乾淨的沙子，開一罐貓食，在離開之前從陽臺的門探頭出來。

「索爾巴斯，你該不會是生病了吧。這是你第一次在開罐頭時沒有跑過來。坐在花盆上幹什麼？你這個樣子，誰都會想一定是藏了什麼東西在花盆裡。好吧，明天見，神經貓。」

萬一他眞的來查看花盆，怎麼辦？單想到這一點，索爾巴斯就覺得肚子一陣不舒服，趕快奔向便盆。

牠高高舉著尾巴，在便盆上享受那種輕鬆的感覺，同時思索著那位家中友人的話。

「神經貓」，竟然叫我「神經貓」。

或許我眞的有些神經，因爲最好的方式應該是讓他看到小海鷗。那個人一定會想，索爾巴斯會想要吃掉牠，而把小海鷗帶走，把牠養大。可是索爾巴斯還是決定把小海鷗藏在花盆底下。我眞的是隻神經貓嗎？

當然不是。索爾巴斯要遵守屬於港口貓的原則。既然已經對死掉的海鷗許下諾言，要教小海鷗飛翔，就一定要完成。雖然不知道怎麼做，但索爾巴斯知道一定要想辦法去完成。

正當索爾巴斯小心翼翼地用沙子蓋好自己的排泄物時，聽到陽臺上小海鷗驚恐的叫聲。

索爾巴斯看到的景象，幾乎讓牠的血液全部凍結。

那兩隻流氓貓正躺在小海鷗的面前，尾巴興奮得直搖，其中一隻用爪子壓住小鳥的尾巴。還好，牠們都背向著索爾巴斯，沒看到索爾巴斯正在逐漸靠近。索爾巴斯全身的肌肉都緊繃起來。

「兄弟，沒想到能找到如此豐盛的早餐。雖然有點小，但看起來好像很好吃。」其中一隻說。

「媽咪！救命！」小海鷗叫著。

「我最喜歡吃鳥類的翅膀。這一隻體型是小了些，不過肉還不算少。」另外一隻流氓貓也發表意見。

索爾巴斯跳了起來，在空中就把前腳的十個爪子全部伸展開來，對準兩隻流氓貓，一手一隻把牠們的頭壓在地上。

兩隻流氓貓想站起來，但耳朵都被爪子穿透了。

「媽咪！牠們想吃掉我！」小海鷗說。

「吃掉你的兒子？太太，絕對沒有這回事。」其中一隻頭貼在地面上說。

「太太，我們是吃素的，而且是吃全素。」另一隻也跟著說。

「我不是什麼『太太』，白痴。」索爾巴斯一邊說，一邊扯著牠們的耳朵，讓牠們能看到自己。

當兩隻流氓貓認出來是索爾巴斯時，背部的毛都豎了起來。

「你的兒子還眞漂亮，朋友。將來一定會成爲有出息的貓。」第一隻鐵口直斷。

「噢，而且遠遠就看得出來，是一隻長得很好的貓。」另一隻也以肯定的

語氣說。

「笨蛋，這不是一隻貓，是隻小海鷗。」索爾巴斯澄清。

「這就是我一直和兄弟說的，大家都應該有個海鷗兒子。對吧，兄弟？」第一隻趕快接口說。

索爾巴斯決定快點結束這場鬧劇，一定要讓這兩個蠢傢伙帶著牠爪子的印記。於是，牠用力收回前腳，用爪子撕裂了兩個膽小鬼的耳朵。牠們痛得喵喵大叫，迅速逃離陽臺。

「好勇敢的媽咪！」小海鷗說。

索爾巴斯現在知道陽臺上並不安全，但又不能帶牠進屋，因爲小海鷗把地板弄得髒兮兮的，就會被家中友人發現，必須要找一個比較妥當的地方才行。

「來，我們去散步。」索爾巴斯說完，很小心的用嘴叼起小海鷗。

第4章 在排水溝裡談判

索爾巴斯和幾隻貓在哈利的商店集合討論，大家一致認爲小海鷗不能再待在索爾巴斯的家裡。太危險了，主要不是因爲那兩隻流氓貓，而是會被家中友人發現。

「不幸的是，人類的行爲根本無法預期。很多時候，人類的本意很好，但是做出來的事卻造成很大的傷害。」科隆奈羅下結論。

「沒有錯。就像哈利，是個大好人，心地善良，但由於很喜歡黑猩猩，知道牠愛喝啤酒，結果每當黑猩猩口渴時就給牠一瓶啤酒。可憐的馬弟亞已有些酒精中毒了，一點羞恥心都沒有。每次喝醉就唱那糟糕的歌，好糟喲！」萬事通說。

「更甭提那些故意造成的傷害。想想看，人類喜歡往大海倒垃圾的壞習慣，使可憐的海鷗失去生命。」祕書接著說。

在短暫的討論之後，大家決定在小海鷗會飛之前，索爾巴斯與小海鷗都住在哈利的商店裡。索爾巴斯每天早上回家去亮相一下，避免家中的友人因看不到貓而大驚小怪，等那人離開後再回來照顧小海鷗。

「小海鷗也應該有個名字吧？」祕書提議。

「這正是我要說的，我覺得你根本就無法控制自己不去搶別隻貓的話。」科隆奈羅抗議。

「牠是應該有個名字。但在取名字之前，我們總該先弄清楚小海鷗到底是公的還是母的吧！」索爾巴斯也發表意見。

話未說完，萬事通就已從書架上跳了回來，拿著百科全書第二十冊，在「S」部分翻找「性別」一詞。

但裡面找不到辨別海鷗性別的資料。

「你的百科全書，好像不是真的很有用。」索爾巴斯埋怨說。

「絕不能懷疑我的百科全書！所有的知識都在這套書裡。」萬事通反駁。

「海鷗是海鳥的一種。只有『逆風』能辨別海鷗是公的還是母的。」祕書非常肯定地說。

「這正是我要說的。不准你再搶我的話。」科隆奈羅埋怨著。

貓兒們在熱烈討論時，小海鷗在有許多鳥類標本的房間裡閒逛。鳥類標本有百舌、鸚鵡、大嘴鳥、孔雀、鷹、隼等。小海鷗愈看愈害怕。突然，一隻有著紅色眼睛的動物阻擋了去路，而且這個動物絕對不是死了的標本。

「媽咪！救命！」小海鷗絕望的大叫。

第一個抵達的是索爾巴斯，來得正是時侯，因爲一隻老鼠已把前爪架在小海鷗的脖子上了。

看到索爾巴斯，老鼠便一溜煙跑到牆上的一道裂縫裡。

「牠想吃掉我！」小海鷗緊緊靠著索爾巴斯說。

「我們竟然沒有想到會遇到這種危險。看樣子，要和老鼠們正式談一談了。」索爾巴斯說。

「我同意。但對這些不知羞恥的傢伙，不能做太多的讓步。」科隆奈羅建議。

於是，索爾巴斯靠近牆壁上的那道裂縫。縫隙裡一片漆黑，但還是可以看到老鼠那對紅眼睛。

「我要見你們的首領。」索爾巴斯語氣堅定地說。

「我就是首領。」黑暗中傳出聲音。

「如果你是首領，那麼你們就連蟑螂都不如。快去通知你的首領。」索爾巴斯堅持。

索爾巴斯聽得到老鼠離去的聲音，因爲牠在管子裡走動時，爪子會產生唏唏嗦嗦的聲音。不久之後，紅色眼睛又出現在昏暗中。

「首領要見你。在貝類儲藏室的海盜藏寶箱後面有個入口。」老鼠吱吱地說。

索爾巴斯到了指定的地下室。果然在大箱子後面的牆壁上找到可以鑽進去的洞。牠揮開蜘蛛網，進入老鼠的世界，一股濕氣與骯髒的味道撲鼻而來。

「順著排水管走下去。」索爾巴斯只能聽到老鼠的聲音。

索爾巴斯只好順著排水管走下去，每向前一步就覺得身上沾了更多灰塵與垃圾。

索爾巴斯一直在黑暗中前進，來到排水溝的涵洞時，才有一點點光線投射下來。索爾巴斯覺得這裡應該是在馬路下面，光線是從涵洞的蓋子透下來的。真是臭得不得了，但終究有了可以伸直身子的空間。涵洞的中央有一條排放廢水的水溝。老鼠首領就在索爾巴斯的面前，那是一隻壯碩的嚙齒動物，黑色皮膚上布滿疤痕，正在用爪子玩弄著自己尾巴上的環節。

「哎喲，看誰來了，大胖貓。」老鼠首領說。

「胖子！胖子！」無數的老鼠在旁邊跟著起哄。索爾巴斯只能看到一堆紅眼睛。

「我不准你們去打擾小海鷗。」索爾巴斯以強而有力的語調說。

「噢，原來貓有了一隻小鳥。我早就知道了。這種事在排水溝裡很快就傳開了，據說是隻味道不錯的小鳥。味道真好，嘿，嘿，嘿！」首領說。

「味道真好！嘿，嘿，嘿！」其他的老鼠隨聲附和。

「這隻鳥是在貓的保護之下。」索爾巴斯說。
「你們是要等養大了再吃？也不讓我們分享？自私鬼。」首領指責。
「自私鬼！自私鬼！」鼠群重複喊著。
「你們都知道，我解決掉的老鼠數量遠多過我身上的毛。如果小鳥發生任何事情，你們就等著數日子吧。」索爾巴斯平靜地提出警告。
「喂，大油球。你想過要如何離開這裡嗎？我們大可把你做成貓肉醬。」老鼠威脅說。
「貓肉醬！貓肉醬！」鼠群又大叫。
索爾巴斯突然跳起，壓住老鼠首領的背部，並用爪子抵住牠的腦袋。
「你是不想要眼睛了嗎？你的手下也許能把我做成貓肉醬，可是你絕對看不到。到底肯不肯放手，不再去惹小海鷗？」索爾巴斯兇巴巴地說。
「你的態度還真惡劣。好吧，不做貓肉醬，也不做小鳥肉醬。在排水溝世界裡，沒有不能商量的事。」老鼠屈服了。

「那麼就來商量一下，尊重小海鷗的交換條件是什麼？」索爾巴斯問。

「我們在院子裡可以自由行動。科隆奈羅曾下令阻絕我們到市場的通路，因此我們要院子淨空。」老鼠說。

「可以，但你們只能在晚上人類看不到的時候穿過院子。身為貓，必須要維護一下應有的尊嚴。」索爾巴斯一邊放開老鼠的頭一邊說。

索爾巴斯盯著老鼠首領及無數帶有恨意的紅眼睛，倒退著走出排水溝。

第5章

公的還是母的

三天之後，牠們才見到那隻叫做逆風的貓，一隻不折不扣的航海貓。

逆風是「哈內斯二號」上的吉祥物。「哈內斯二號」是一艘專門維護易北河河道乾淨的疏浚船。船上的人員都很賞識逆風，這些辛苦清理河道的工人，都把有著藍色眼睛、蜂蜜色毛皮的貓當成夥伴。

在暴風雨的天氣裡，他們會幫逆風穿上特製的黃色小雨衣，樣式和船員們的雨衣一樣。逆風就穿著雨衣在甲板上散步，緊蹙著眉頭，一如那些向惡劣天氣挑戰的船員。

「哈內斯二號」也負責清理鹿特丹、安特衛普、哥本哈根等港口，因此逆風很喜歡講述這些航程中的精彩故事給大家聽。是的，牠絕對是隻不折不扣的航海貓。

「啊呼！」逆風在進入商店時打招呼。

黑猩猩看到牠進來時，茫然地直眨眼睛，因爲逆風走路時，每一步都會左右搖擺，而且根本不把售票員看在眼裡。

「不會說『早安』也就算了，最起碼要付入場費吧，跳蚤包。」馬弟亞說。

「你是笨到右舷上去了！看在梭子魚牙齒的份上，你叫我什麼？跳蚤包？我告訴你，我這身皮膚曾被全世界所有港口的各種昆蟲咬過。有隻壁蝨爬到我的背上，光是重量就壓得我連背都抬不起來！以後再跟你說。看在鯨魚鬍子的份上！還有一種卡卡都島上的蝨子，光是開胃酒就要吸上七個人的血。

看在鯊魚翅的份上！你這個獼猴，應該起錨了，不要擋住我的風！」逆風下了命令，不等黑猩猩開口就繼續往裡走。

才到書房門口，逆風就跟群集在房間裡的貓打招呼。

「喵哦！」逆風很喜歡用粗豪的聲音道「早安」，但說的卻是很柔軟的漢堡方言。

「你終於來了，船長，我們急死了！」科隆奈羅跟牠打招呼，其中的「船長」兩字是義大利語。

大家很快地把海鷗的故事及索爾巴斯的承諾重複了一遍，同時表明索爾巴斯許下的諾言就是所有港口貓的諾言。

逆風一面聽一面難過地直搖頭。

「看在烏賊墨汁的份上！在大海上確實是常發生這種可怕的事。有時候，我會問自己，是不是有些人類已經瘋掉了，一直想把大海變成一個超級垃圾場。我剛從易北河的河口挖泥回來，你們無法想像被海潮帶到大海裡的垃圾數量。看在烏龜殼的份上！我們清理出來的有殺蟲劑的鐵罐、輪胎，以及人類留在沙灘上那難以計數的塑膠瓶。」逆風憤憤不平地說。

「糟糕！糟糕了！如果這種情形持續發展下去，沒有多久以『C』字開頭的『汙染』一詞，就會占滿百科全書的第三冊了。」萬事通也顯得很生氣。

「你們要我怎麼幫助這隻可憐的小海鷗？」逆風問。

「只有你知道大海的祕密，要請教你的是，這隻小海鷗到底是公的還是母的？」科隆奈羅回答。

大夥兒把逆風帶到小海鷗那裡。小海鷗剛吃完祕書帶來的烏賊，正在滿足地睡覺。祕書受到科隆奈羅的指示，專門負責小海鷗的飲食。

逆風伸出一隻前腳，先檢查小海鷗的頭，再拉起牠尾巴上剛長成的羽毛。小海鷗以驚懼的眼光看著索爾巴斯。

「看在螃蟹腳的份上！」航海貓愉快地向大家宣布：「是一隻漂亮的母海鷗，有一天牠會生下很多的蛋，多得像我尾巴上的毛！」

索爾巴斯舔了舔小海鷗的腦袋。有點後悔當初爲什麼沒有問一下海鷗媽媽的名字，牠的女兒終有一天會繼續牠媽媽因爲人類的錯誤而未能完成的飛行，如果小海鷗也有著和海鷗媽媽一樣的名字，那該有多好。

科隆奈羅提議說：「既然小海鷗很幸運地得到我們的照顧，不如就叫牠『幸運』吧。」

「看在鱈魚鰓的份上！這眞是個好名字。」逆風稱讚，並接著說：「我記得有次在波羅的海看到一條美麗的輕帆船，名字就叫做幸運，而且全身也都是白色的。」

「我想幸運將來一定會很有出息、很優秀，牠的名字會收在百科全書第一冊的『A』字開頭。」萬事通非常肯定地說。

大家都贊成科隆奈羅取的名字。接著，五隻貓便繞著小海鷗圍成一個圈圈，用後腳站起來，伸出前腳形成一個圓頂，然後喵喵地唱著港口貓的洗禮儀式歌。

「恭禧你，幸運，貓的朋友！」

「啊呼！啊呼！啊呼！」逆風高興地大叫。

第6章

「幸運」，我們都愛你

幸運在大家細心的照顧之下長得很快。在哈利商店住了一個月之後，幸運已成爲一隻年輕、苗條的海鷗，有著像絲一般柔軟的銀色羽毛。

每當有觀光客來商店參觀，幸運就遵從科隆奈羅的建議，靜靜地混在鳥類的標本裡，假裝也是其中之一。晚上，在商店打烊、老海員離開以後，幸運就會以海鷗那左右擺動的獨特走路姿勢，在各個房間逛來逛去，看著那無數的陳列品。在這段期間，萬事通一直在翻查書籍，幫索爾巴斯找出教導幸運飛翔的方法。

「啊哈！找到了重要的部分，飛翔是要把空氣推向後面與下面。」萬事通整個頭都埋在書中，壓低聲音說。

「我爲什麼要飛？」幸運的翅膀緊貼著軀體問。

「因爲你是隻海鷗，而海鷗都會飛。」萬事通回答。「你竟然不知道，糟了！糟了！」

「可是我不想飛呀。我也不想成爲海鷗。」幸運辯解說。「我想當一隻貓，而貓不會飛。」

有一天下午，幸運走近商店的入口，正好碰到黑猩猩，因而有了一場不愉快的會面。

「難看的鳥，不要隨地大便。」馬弟亞說

「猴子先生，爲什麼這樣說我？」海鷗膽怯地問。

「因爲大便是鳥類唯一會做的事，而你是一隻鳥。」黑猩猩很有自信的說。

「您弄錯了。我是貓，而且很乾淨。」幸運以尋求同情的口吻回答。「我都和萬事通先生用同一個便盆。」

「哈！那一夥跳蚤包想騙你，要你相信你和牠們是一樣的。可是看看你，你有兩隻腳，貓有四隻；你有羽毛，貓只有毛。然後尾巴呢？喂，你的尾巴在哪裡？你的神經簡直和那隻每天都在讀書、滿嘴『糟了！糟了！』的貓一樣。眞是隻小笨鳥！你想知道你那些朋友爲什麼如此寵愛你嗎？因爲牠們要把你養得胖胖的，然後開個大宴會。牠們會吃掉你，吃到連一根羽毛都不剩！」黑猩猩說。

當天晚上，海鷗沒有來吃牠最喜歡的一道菜——祕書從餐廳偷來的烏賊。貓兒們都覺得很奇怪。

大家都很擔心，於是分頭去找。索爾巴斯在動物標本裡找到海鷗。牠蜷縮著，一臉悲傷。

「你不餓嗎？幸運，有烏賊可以吃。」索爾巴斯說。

海鷗沒有回答。

「你哪裡不舒服？」索爾巴斯擔心地問，「不會是生病了吧？」

「你想要我吃得胖胖的嗎？」海鷗低著頭問，牠沒有看著索爾巴斯。

「當然，希望你長得又健康又有活力。」

「當我變胖了，你們要邀請老鼠一起來吃掉我？」海鷗眼中充滿淚水。

「這種蠢話你是從哪裡聽來的？」索爾巴斯的語氣很堅定。

幸運哽咽地把馬弟亞的話敘述一次。索爾巴斯舔掉了牠的淚水，以從未有過的語氣說：「你是隻海鷗，這一點黑猩猩沒有說錯，但也只有這一點而已。幸運，我們都很愛你。而我們愛你是因爲你是一隻海鷗，一隻美麗的海鷗。每次你說你是一隻貓的時候，我們都沒有糾正你，因爲我們很高興你願意成爲我們的一分子，可是你和我們不同，我們也喜歡這種不同。當初，我

們沒有辦法幫你媽媽，但是現在我們可以幫你。從你出生以後，我們就一直保護著你。我們爲你付出愛心，從來沒有想過要把你變成一隻貓。我們都愛你，小海鷗，也知道你愛我們，把我們當成朋友、親人，而且你讓我們知道感到驕傲是怎麼一回事，也讓我們學會去欣賞、尊重、喜歡不同種類的動物。要去接納、喜歡同類是很簡單的事，但如果是不同的種類，那就困難多了。而你讓我們做到了。你是隻海鷗，所以必須要會飛。幸運，當你會飛的時候，我保證你一定會很幸福，那個時候，我們的感情會更深刻、更美好，因爲那是屬於不同動物之間的親愛之情。」

「我害怕飛。」幸運站起來說。

「沒關係，你要飛的時候，我一定會在你的身邊。」索爾巴斯舔著海鷗的頭，又說：「我答應過你媽媽。」

小海鷗與大胖黑貓一起走著。牠溫柔地舔著海鷗的頭，而海鷗則伸出翅膀搭在貓的背上。

第7章

開始學飛

「在開始飛之前，我們再來檢驗一次技術問題。」萬事通說。

科隆奈羅、祕書、索爾巴斯、逆風都站在架子的最高處，看著下面的幸運與萬事通。幸運站在起飛跑道上，也就是走廊的一端，而萬事通則在另一端彎著腰看百科全書第十二冊的「L」部分。攤開的那一頁講的是達文西，上面畫著這位著名的義大利天才所製作的怪怪的「飛行器」。

「請檢查一下支撐點A與B的穩定度。」萬事通指揮說。

「正在測試支撐點A與B。」幸運一面說一面用左腳跳一下，然後用右腳跳一下。

「完成！現在檢查C與D點的伸展度。」萬事通下達命令時，威風得像是NASA的航太工程師主管。

「測試C與D點的伸展度。」幸運依照命令把翅膀伸展開來。

「完成！」萬事通繼續下令：「我們再檢查一次。」

「看在鰈魚鬍子的份上！你就讓牠開始飛吧。」逆風抗議。

「喂，你要記住，我是負責這次飛行技術的貓。」萬事通回答。「而且，一定要萬無一失，否則對幸運造成不堪設想的後果，那就糟了！」

「有道理，萬事通知道牠在做什麼。」祕書發言。

「這正是我想說的。你到底什麼時候才可以不再搶我的話。」科隆奈羅不滿地嘟囔。

幸運站在那裡，就要開始牠的第一次飛翔。由於前一星期發生了兩件事情，使貓兒們知道海鷗想飛了，雖然海鷗把想飛的意願隱藏得很好。

第一件事發生在一個下午，幸運陪著貓兒們在哈利商店的屋頂上曬太陽。在享受了一個小時的陽光後，大家都看到一隻海鷗飛在很高很高的空中。

在蔚藍色天空的襯托之下，海鷗飛翔的姿態是那麼的美麗、那麼的威風，有時好像是定在那裡，只是張開翅膀飄在空中，但只要一個很輕微的動作，就可以很優雅地移動，那種瀟灑足以勾起觀賞者的慾望，也想和海鷗一樣在天空中飛翔。當貓兒們把目光從天空移到幸運的身上時，發現年輕的海鷗正在專心望著天空的同類，不自覺地張開了翅膀。

「你們看，牠想飛。」科隆奈羅評斷說。

「對，應該是要飛的時候了。」索爾巴斯同意。「牠已經是一隻強壯有力的海鷗了。」

「幸運，試著飛吧！」祕書替牠加油。

聽到貓兒們的話，幸運收回翅膀靠過來，躺在索爾巴斯身邊，然後閉著眼睛模仿貓睡覺時發出的呼嚕聲。

第二件事情就發生在第二天，當時大家都在聽逆風講故事。

「……就像我說的，浪高到我們根本看不到岸邊的方向。看在鯨魚油的份上！更糟的是，我們的羅盤也壞掉了。五天五夜都在暴風雨中，根本不知道是朝向海岸還是大洋航行。正在我們迷失方向的時候，舵手看到一群海鷗。真是太棒了，同伴們！我們馬上跟著海鷗的方向走，終於回到了陸地。看在鯖魚牙的份上！海鷗救了我們一命，如果當時沒有看到海鷗，我就不可能在這裡講故事給你們聽了。」

幸運每次在聽航海貓講故事時，都會聚精會神，睜大眼睛。

「海鷗在暴風雨中也飛行嗎？」幸運問。

「看在鰻鱺放電的份上！海鷗是世上最堅強的鳥類，沒有哪一種鳥飛得過海鷗。」逆風口氣非常肯定。

航海貓的話深深打動了幸運。牠雙腳跺著地板，嘴巴也緊張得動來動去。

「小姐，想飛了嗎？」索爾巴斯問。

幸運環視每一隻貓之後，才回答：

「是的，請教我飛！」

貓兒們都高興得不得了，馬上開始執行。這一刻，大家其實都等了很久。貓秉持其獨有的耐性，一直不動聲色，等著年輕海鷗主動告知想飛的願望。因爲貓祖先的智慧使牠們了解到，飛行是單純的個人抉擇。其中最高興的貓莫過於萬事通，因爲牠早已在百科全書第十二冊的「L」部分找到飛行的原理。也因此，飛行的計劃是由萬事通來主導。

「開始起飛！」萬事通下令。

「開始起飛！」幸運也跟著喊。

「先在起飛跑道上小跑步，以支撐點A與B向後用力。」萬事通說。

幸運開始向前跑，不過速度很慢，好像輪子一直在打滑一樣。

「再加快速度。」萬事通要求。

年輕的海鷗前進速度快了一些。

「現在把C與D點伸展開來。」萬事通說。

幸運一面前進，一面把翅膀伸開。

「現在抬起E點。」萬事通再下令。

幸運用力抬起尾巴。

「開始用力上下揮動C與D點，把空氣向下壓，同時收起A和B點！」

幸運揮著翅膀，收起雙腳，但只飛了一點點高度，就像衣物般摔了下來。

貓兒們著急得從架子上一躍而下，奔向海鷗。牠的眼眶充滿了淚水。

「我真沒用！我真沒用！」幸運傷心地一再重複著說。

「不可能一試就成功，你一定會飛起來。我保證。」索爾巴斯舔著海鷗安慰牠說。

萬事通則一遍又一遍地檢查達文西的飛行器圖片，想找出飛不起來的原因。

第8章

索爾巴斯打破禁忌

幸運總共試飛了十七次，而十七次全部都只飛起來幾公分就落地。

萬事通看起來像是瘦了一圈，在第十二次試飛失敗後，還把自己的鬍子拔掉幾根。牠以顫抖的聲音向大家道歉說：

「無法理解。我已經很小心地檢查過飛行的理論，把達文西的說明與百科全書第一冊『A』部分的『空氣動力學』比較過，沒有找到錯誤。糟了！糟了！」

大家都接受了牠的解釋，只好又把注意力放到幸運的身上，而幸運每失敗一次，就變得更悲傷、更憂鬱。

在最後一次試飛失敗後，科隆奈羅決定暫停飛行實驗，因爲依照牠的經驗，幸運此刻已開始對自己失去了信心，而失去自信對一隻眞正想飛的鳥來說是很危險的事。

「或許牠眞的沒有辦法飛起來。或許是因爲和我們在一起太久，已經失去了飛行的能力。」祕書發表看法。

「依照飛行技巧和空氣動力學的定律，牠應該會飛得起來。不要忘記，百科全書是無所不包的。」萬事通特別提醒大家。

「看在魟魚尾巴的份上！牠是隻海鷗，而海鷗就一定會飛！」逆風說。

「牠一定要飛起來，我答應過牠和牠的母親。牠一定要飛起來。」索爾巴斯說。

「我們大家都有義務去完成這項諾言。」科隆奈羅提醒大家。

「我覺得我們要承認，我們沒有能力教導海鷗飛翔，必須向貓族以外的世界尋求幫助。」索爾巴斯提議。

「對呀！親愛的朋友，你的意思到底是什麼？」科隆奈羅問索爾巴斯。

「我請求大家准許我打破貓族的禁忌，唯一的一次。」索爾巴斯以懇求的眼神看著大家。

「打破禁忌！」貓兒們都伸出爪子，背上的毛也豎了起來。

「使用人類的語言」是貓族的禁忌。這並不是因爲不想與人類溝通，而是爲了避免人類對貓族造成傷害。人類會如何處置一隻會說人類語言的貓？那肯定是把牠關在籠子裡，開始對牠進行各式各樣的愚蠢實驗，因爲人類通常沒有接受、了解或試著去了解另一個族群的能力。例如，貓族就知道，由於海豚很聰明，可以和人溝通，因而成了海洋水族館裡表演的小丑。只要有任何動物表現出一點點聰明，稍微可以和人類溝通，就會受盡人類的屈辱。像貓科中的獅子，就被關在鐵柵欄裡，張開嘴巴讓一個笨蛋把頭伸進去；或是鸚鵡，被關在籠子裡重複說著蠢言蠢語。因此，說人類的語言對貓族而言，是很危險的一件事。

「你和幸運在這裡等，我們去開會商量一下你的提案。」科隆奈羅命令說。

眾貓的祕密會議開了很長一段時間。索爾巴斯和海鷗躺在一起，海鷗對無法飛行這件事感到十分沮喪。

會議結束時，已經是晚上了。索爾巴斯靠過去，想知道會議的結果。

「港口貓准許你打破禁忌，但僅此一次，而且只能和一個人類交談。首先大家必須先決定人選。」科隆奈羅很鄭重地宣布。

第9章

借用人力

索爾巴斯要找誰談呢?實在很難決定。貓兒們先列出一張大家所熟悉的人類名單，然後把不適合的名字一個一個排除。

「雷納，廚房裡的大廚師，是個公正、善良的人類。每次都會留下一些特餐給我和祕書大吃一頓。可是雷納只對香料、炒菜鍋在行，對飛行這件事恐怕不太能幫上忙。」科隆奈羅說。

「哈利也是個好人，和藹可親，和大家都相處得很好，包括馬弟亞。他甚至會原諒馬弟亞所做的魯莽行爲，像是用廣藿香料洗澡，那種味道實在太糟了！哈利很懂航海、海洋，但對飛行可是一個大外行。」萬事通說。

「還有餐廳裡的侍者卡洛，他總以爲我是屬於他的，我也就順水推舟讓他這麼想，因爲他人還不錯。他懂足球、籃球、排球、賽馬、拳擊和其他各式各樣的運動，可是從來沒有聽他談過飛行。」祕書也提供對人選的看法。

「看在海葵觸手的份上！我的船長是個很厲害的人，之前他在安特衛普的酒吧打架，對方總共有十二個人，他很客氣，只把其中的一半打倒而已。只是，他有個毛病，就算是坐到椅子上都會暈眩。看在章魚腳的份上！他好像也幫不上我們的忙。」逆風自己做下結論。

「我家中的小男孩很了解我，但是他正在渡假。而且小男孩是否懂得飛行也是個問題。」索爾巴斯說。

「豬頭！名單上已沒有其他的名字了。」科隆奈羅抱怨說。

「不，還有一個不在名單上的人，就是和布布里娜住在一起的那個人。」

索爾巴斯提出另外一個人選。

布布里娜是隻黑白參雜的漂亮母貓，喜歡在陽臺上的花盆間消磨時間。所有港口的公貓走過牠的面前時，都會放慢腳步，以展示自己柔軟的身軀、精心梳理過的發亮毛髮、長長的鬍鬚與優雅筆直的尾巴，只爲了要引起牠的注意。但是布布里娜每次都是一副無動於衷的模樣，只願意讓那個在頂樓用打字機寫作的人來呵護牠。

與布布里娜在一起的那個人很奇怪，有時他寫完字，朗讀一遍時會高興得笑起來；有時會把剛寫完的那頁紙看都不看就揉成一團丟掉。他的陽臺總是會傳出有點幽怨的輕音樂。那種音樂最能使布布里娜睡著，也能使路過的貓爲之深吸一口氣。

「與布布里娜在一起的人？爲什麼是他？」科隆奈羅不解地問。

「我不知道。這個人讓我覺得能夠信任。」索爾巴斯接著說：「我聽過他唸自己寫的東西，都是些可以使你快樂或是哀傷的詞彙，可是聽起來很舒服，會讓你想要繼續聽下去。」

「一個詩人！我知道，這種人類寫的東西叫做『詩』。百科全書第十七冊，『P』的部分有提到。」萬事通非常肯定地說。

「為什麼你認為這個人懂得飛行？」祕書接著問。

「或許他不知道有關鳥類的飛行，但每次聽他說話，我都覺得他說出來的每個字都會飛。」索爾巴斯回答。

「贊成索爾巴斯去和布布里娜的人交談的貓，舉起右前腳。」科隆奈羅下命令。

就這樣，大家都同意索爾巴斯去向詩人討教有關飛行的事。

第10章 貓與詩人

索爾巴斯動身上路，從屋頂一路走到中選人的屋頂。布布里娜正躺在陽臺的花盆間，索爾巴斯在說話之前先吸了一大口氣。

「布布里娜，不要驚慌，我在上面。」

「你想做什麼?你是誰?」被嚇到的母貓問。

「先不要走，拜託。我叫索爾巴斯，住在這附近，需要你的幫忙。我可以下來嗎?」

母貓點點頭。索爾巴斯跳到陽臺上，坐了下來。布布里娜走過來，聞聞牠。

「味道還真多哩，有書、濕氣、舊衣服、鳥類、灰塵的味道，不過毛髮倒是清理得很乾淨。」母貓以認可的口氣說。

「這些都是哈利商店裡的味道。如果你有聞到黑猩猩的味道，也不必太驚訝。」索爾巴斯事先警告布布里娜。

輕柔的音樂聲飄到陽臺上。

「眞好聽。」索爾巴斯說。

「這是韋瓦第的『四季』。你要我幫什麼忙？」布布里娜好奇地問。

「希望你讓我進去，把我介紹給你的主人。」索爾巴斯回答。

「不可能。他正在工作，工作時任何人——包括我在內，都不能打擾他。」母貓拒絕了。

「拜託，這是件很重要的事，我以港口貓的身分請你幫忙。」索爾巴斯哀求著。

「爲什麼要見他？」布布里娜以不太信任的口氣問。

「我要跟他說話。」索爾巴斯回答得很果決。

「那是禁忌！」布布里娜的毛都豎了起來，大叫著：「出去！」

「不行，如果你不讓我進去，我只好把他叫出來！你喜歡搖滾樂嗎，小姐？」

房裡的那個人正在用打字機打字，心情顯得很愉快，因爲他文思泉湧，正好完成了一首詩。突然，他聽到陽臺上傳來貓叫聲，而且不是布布里娜。那是一種很難聽，但又帶有旋律的聲音。他有些好奇，又有點不高興地來到陽臺。他發現自己必須擦一擦眼睛才能相信眼前的景象。

布布里娜用兩隻前腳摀著雙耳，在牠面前有一隻大胖黑貓，坐在陽臺的石基上，背靠著花盆，尾巴伸在前面，一隻前腳抓著尾巴，就像是握著一架低音提琴的樣子，另一隻前腳還假裝在撥弄琴弦，嘴巴裡發出慵懶的貓叫聲。

詩人回過神來時，忍不住大笑。索爾巴斯便趁他笑得彎下了腰的時候，溜進屋裡。

詩人笑著，轉過身來，看到大胖黑貓已端坐在屋裡的單人沙發上。

「好一場音樂會！你實在是個很獨特的小騙子，不過布布里娜好像不太喜歡你。音樂會還眞不賴！」詩人說。

「我知道唱得不是很好，但世上沒有什麼是完美的。」索爾巴斯以人類的語言回答詩人。

詩人驚訝得張大了嘴巴，還給自己一個耳光，背都貼到牆上去了。

「會說……說話……」詩人叫著。

「你也會說呀，我都不會覺得奇怪。拜託，請鎭定一下。」索爾巴斯建議。

「一隻會……會……說話的貓。」詩人癱進沙發裡。

「我不會『說話』，只會喵喵語，我只不過是用喵喵語來說你的語言而已。我還可以用喵喵語說許多不同的語言。」索爾巴斯爲詩人解釋得很清楚。

詩人把手矇在眼睛上，重複著說：「一定是太累了，一定是太累了。」

他把手挪開，大胖黑貓仍坐在沙發上。

「是幻覺。你是幻覺，對不對？」詩人問。

「不，我是一隻正在和你說話的貓。在港口裡的衆多人類之中，我們選中了你，我是來請你幫忙解決一個大問題。你沒有瘋，我是眞的貓。」

「你說你可以『喵喵』許多語言？」詩人以懷疑的口氣問。

「你一定是想考一考我，來吧。」索爾巴斯說。

「Buon giorno。」詩人說義大利語。

「已經是下午了。我們應該說Buona Sera。」索爾巴斯更正他。

「Kalimera。」詩人改說希臘語。

「是Kalispera，我說過現在是下午。」索爾巴斯再度更正他。

「Doberdan。」詩人用克羅埃西亞語大叫。

「Dobreutra，現在相信我了吧？」索爾巴斯問。

「好吧，如果這一切都是一場夢，那也沒什麼不好。我喜歡，就繼續下去好了。」詩人回答。

「那麼我就言歸正傳了。」

詩人同意，但要求貓要遵守人類談話時的習慣。詩人給貓端來了一碟牛奶，自己則拿著一杯白蘭地坐在沙發上。

「貓，請你開始喵喵吧。」

於是索爾巴斯把海鷗、海鷗蛋、幸運，以及貓群努力教小海鷗學飛但失敗的事情說了一遍。

「你可以幫我們嗎？」索爾巴斯講完故事後問。

「應該可以，就在今天晚上。」詩人回答。

「就在今天晚上？你沒弄錯吧？」索爾巴斯很驚訝地問。

「去看看窗外，看看天空，有什麼？」

「雲，一堆烏雲。暴風雨很快就要來了。」索爾巴斯看著天空說。

「就是因爲有暴風雨。」詩人說。

「我不懂。對不起，我眞的不太懂。」索爾巴斯說。

於是，詩人走到書桌，拿起一本書，翻了翻。

「貓，你聽，我要唸一首阿特薩卡（Bernardo Atxaga）的詩，就叫做『海鷗』：

可是您那小小的心靈
——屬於一個平衡專家——
從不嘆息這麼多，
除了為這場狂妄大雨；
它總是會帶來風，
它總是會帶來太陽。」

「我懂了。我就知道你能幫助我們。」索爾巴斯從沙發上跳了下來。

他們約定好，午夜十二點在商店的大門口見面。現在，大胖黑貓要趕回去把消息告訴同伴們。

第11章

飛向天空

漢堡市下著傾盆大雨，花園裡飄散著大地被濕潤過的香氣。馬路上的瀝青發著亮光，映在地面上的霓紅燈廣告有些變形。一個穿著雨衣的人沿著港口的街道，獨自走向哈利的商店。

「絕對不行！」黑猩猩大叫。「就算你們全部五十個爪子都釘在我的屁股上，也還是不行。絕不開門！」

「喂，沒有人要傷害你。我們只是在請你通融。」索爾巴斯解釋。

「營業的時間是早上九點到晚上六點，這是規定，而我絕對遵守規定。」

馬弟亞說。

「看在海象鬍鬚的份上！你這輩子就不能可愛一次嗎？笨猴！」逆風插嘴道。

「拜託一下嘛，猴子先生。」幸運也在一旁懇求。

「不行！這是規定，我不能伸出手拉開門閂。而你們這些跳蚤包，沒有手指是打不開的。」馬弟亞以嘲諷的口氣說。

「你眞是隻糟猴子，糟極了！」萬事通說。

「外面有個人，正在看手錶。」看著窗外的祕書說。

「是詩人！不能再浪費時間了！」索爾巴斯全力奔向窗子。

聖米格爾教堂的鐘開始敲午夜的十二響，這時，窗玻璃的破碎聲把詩人嚇了一跳。大胖黑貓衝破窗子，在雨點般的碎片中跳到街上，也不理會頭上的傷口，爬起來又跳回剛才衝破的窗子裡。

詩人靠過來的時候，貓兒們正好把幸運合力抬到窗臺。黑猩猩在貓群的後面，雙手不知所措地亂揮，想同時摀住自己的眼睛、耳朵和嘴巴。

「接住幸運，注意玻璃碎片。」索爾巴斯說。

「兩個都跟我來。」詩人一手一個夾在手臂下。

他快速離開了商店。雨衣裡面裝著大胖黑貓和銀色羽毛的海鷗。

「卑鄙！土匪！你們等著瞧！」黑猩猩大吼。

「這是你自找的。你知道哈利明天會怎麼想？他會認爲玻璃是你打破的。」祕書說。

「好傢伙，這次又猜中我要說的話。」科隆奈羅跟著說。

「看在海鱔牙齒的份上！大家快上屋頂，看我們的幸運怎麼飛！」逆風說。

大胖黑貓與幸運在雨衣中很舒服，感覺得到人類的體溫。詩人正以又快又穩的步伐前進。三顆心跳的速度不同，卻有著相同的強度。

「貓，你受傷了嗎？」詩人看到雨衣折邊的血跡。

「沒有關係。我們要到哪裡？」索爾巴斯回問。

「你會說人類的話嗎？」幸運也跟著問索爾巴斯。

「是的。他是個好人，會幫助你飛起來。」

「你懂海鷗嗎？」幸運又問詩人。

「我們要去哪裡？」索爾巴斯也在問詩人。

「我們不去哪裡，因爲我們已經到了。」詩人回答。

索爾巴斯伸出頭，看到眼前是一幢高高的建築物。牠抬起頭來，認出那是聖米格爾教堂的鐘樓。在聚光燈的照耀下，由銅皮所包裹的建築顯得格外雄偉。歷經長久的風雨侵蝕，銅皮已轉爲青綠色。

「門是關著的。」索爾巴斯說。

「不是所有的門都關著。我常在暴風雨的夜裡，一個人來這裡抽煙、思考。我知道另有一個入口。」詩人說。

他們繞過去，來到鐘樓的側門，詩人用小折刀把門撬開，再從口袋裡拿出手電筒，循著細細的亮光，開始走上好像沒有盡頭的螺旋梯。

「我害怕。」幸運說。

「但你想飛，對不對？」索爾巴斯問。

從聖米格爾教堂的鐘樓頂上，可以看到整個漢堡市。但大雨使他們看不到電視的轉播塔，而港口裡的貨櫃起重機看起來像是群靜止不動的怪獸。

「你看，那邊是哈利商店。我們的朋友在那裡。」索爾巴斯對幸運說。

「我害怕，媽咪！」幸運叫著。

索爾巴斯跳過鐘樓外面的圍欄。下面移動的車子好像是眼睛發光的昆蟲。詩人用手抓著海鷗。

「不，我怕！索爾巴斯！索爾巴斯！」幸運啄著詩人的手向索爾巴斯求救。

「等一下，把牠放在欄杆上。」索爾巴斯喊。

「我不是要把牠丟出去。」詩人說。

「幸運，你會飛。吸口氣，感受一下雨水。雨都是些水滴。在你未來的一生中，會有許多東西爲你帶來幸福，水就是其中之一。而每次大雨後還會有別的犒賞出現，那就是風與太陽。張開翅膀，感受一下雨水。」索爾巴斯說。

海鷗張開了翅膀。聚光燈的光束照在牠的身上，雨滴打在羽毛上，像珍珠般濺起。詩人與貓看到海鷗閉上眼睛，昂起頭。

「雨，雨水，我喜歡！」幸運說。

「你要飛。」索爾巴斯說。

「我愛你。你是隻心地善良的貓。」幸運走到欄杆的邊緣。

「你要飛。所有的天空都是屬於你的。」索爾巴斯說。

「我不會忘記你，也不會忘記其他的貓。」幸運在說這句話時，雙腳已快要離開欄杆，正如阿特薩卡的詩，牠那小小的心靈，是屬於一個平衡專家。

「飛吧！」索爾巴斯伸出一隻腳，碰了碰幸運。

幸運在索爾巴斯的視線裡消失，詩人和貓都很怕會發生最糟糕的事。因爲幸運像塊石頭一般直往下墜。一人一貓緊張地把頭伸到欄杆外張望，終於看到幸運揮著翅膀，飛在車站公園的上方，然後開始爬升，越過了聖米格爾教堂那獨特的裝飾——金黃色的風向標。

幸運在漢堡市的夜空獨自飛翔。牠用力揮動翅膀，一直往上飛到港口起重機的上空、越過船桅，然後再飛回來，一次又一次繞著教堂的鐘樓滑翔。

「我會飛了！索爾巴斯，我會飛了！」在灰濛濛的遼闊天空中，幸運愉悅地喊著。

詩人搔搔貓的背，鬆了口氣說：「貓啊，你看，我們做到了。」

「是的，站在空茫的邊緣時，牠終於懂得最重要的一件事。」索爾巴斯說。

「哦，是嗎？懂得什麼事？」詩人問。

「只有那些有勇氣去飛的，才能飛起來。」

「你現在一定想要獨處一下，我在下面等你。」詩人說。

索爾巴斯留在原地，靜靜地沉思，分不清到底是雨水還是淚水弄濕了大胖黑貓黃澄澄的眼睛。這隻善良、高貴的港口貓就這樣凝望著天空。

老烏芬堡，黑森林，一九九六年

國家圖書館出版品預行編目資料

教海鷗飛行的貓／路易斯．賽普維達（Luis Sepúlveda）著；
湯世鑄譯；－－ 三版. －－ 臺中市：晨星，2017
面； 公分. －－（愛藏本；15）
譯白：Historia de una gaviota y del gato que le enseño a volar
ISBN 978-986-443-294-3（平裝）

878.57 106010326

線上簡易版回函
立即火速填寫！

愛藏本 15

教海鷗飛行的貓

作者 路易斯．賽普維達（Luis Sepúlveda）
譯者 湯世鑄
插圖 牧かほり
責任編輯 陳品蓉
美術編輯 林素華
封面設計 鐘文君

負責人 陳銘民
發行所 晨星出版有限公司
台中市 407 工業區 30 路 1 號 1 樓
TEL:(04)23595820 FAX:(04)23550581
行政院新聞局局版台業字第 2500 號
法律顧問 陳思成律師
初版 西元 2003 年 6 月 30 日
三版 西元 2017 年 8 月 01 日
西元 2020 年 10 月 15 日（三刷）

總經銷 知己圖書股份有限公司
台北市 106 辛亥路一段 30 號 9 樓
TEL：（02）23672044 ／ 23672047 FAX：（02）23635741
台中市 407 工業 30 路 1 號 1 樓
TEL：（04）23595819 FAX：（04）23595493
E-mail：service@morningstar.com.tw
網路書店 http://www.morningstar.com.tw
郵政劃撥 15060393（知己圖書股份有限公司）
讀者專線 02-23672044
印刷 上好印刷股份有限公司

定價 160 元
（缺頁或破損的書，請寄回更換）
ISBN 978-986-443-294-3
HISTORIA DE UNA GAVIOTA
Y DEL GATO QUE LE ENSEÑO A VOLAR

讀者回函

親愛的大小朋友：

感謝您購買晨星出版的書籍。即日起，凡填寫此回函並附上郵資55元（工本費）寄回晨星出版，就可以獲得精美好禮乙份！

打★號為必填項目

★購買的書是：教海鷗飛行的貓

★姓名：＿＿＿＿＿＿ ★性別：□男 □女 ★生日：西元＿＿＿年＿月＿日

★電話：＿＿＿＿＿＿ ★e-mail：＿＿＿＿＿＿

★地址：□□□ ＿＿＿＿縣／市 ＿＿＿＿鄉／鎮／市／區

＿＿＿＿路／街 ＿＿段 ＿＿巷 ＿＿弄 ＿＿號 ＿＿樓／室

職業：□學生／就讀學校：＿＿＿＿ □老師／任教學校：＿＿＿＿

□服務 □製造 □科技 □軍公教 □金融 □傳播 □其他＿＿＿＿

怎麼知道這本書的呢？

□老師買的 □父母買的 □自己買的 □其他＿＿＿＿

希望晨星能出版哪些青少年書籍：（複選）

□奇幻冒險 □勵志故事 □幽默故事 □推理故事 □藝術人文

□中外經典名著 □自然科學與環境教育 □漫畫 □其他＿＿＿＿

請寫下感想或意見

請 黏 貼
8元郵票

407 台中市工業區30路1號
晨星出版有限公司
TEL：（04）23595820　FAX：（04）23550581
e-mail：service@morningstar.com.tw
http://www.morningstar.com.tw

請延虛線摺下裝訂，謝謝！